KB023642

바람이 시의 목을 베고

바람이 시의 목을 베고

■

채형복 시집

한티재

차 례

2부 비탄

3부 가면놀이

1부 시선

시선 1

시인을 떠난 시는
세상에 던져지는 순간
죽는다

세상은
시를 묻는 거대한 무덤
죽은 시로 쌓은 백골탑

억누를 길 없는 시심
비탄의 강물 되어
시인의 가슴을 흐른다

죽은 시를 살릴 길은 단 하나
억겁으로 맺은 인연
눈 밝은 독자를 만나는 것

덜컹이는 시내버스
흔들리는 바깥 세상 젖은 눈으로 바라보며

졸시를 읽는 독자를 만난 날

시인,
죽은 시를 살리고
세상의 무덤에 눕다

시선 2

무겁게 가라앉는 것들은 가볍게 떠오르고
가볍게 떠오르는 것들은 무겁게 가라앉으니

자본과 권력이 무겁다 믿는 종자從者들은
구토로 가볍게 떠오르고

자신을 가볍다 믿는 약자들은
씨앗種子으로 무겁게 가라앉는다

한 알의 씨앗으로 썩어 자라난 풀 중에
민초보다 질긴 목숨 있으며

피어난 꽃 중에
아들 딸 자식보다 예쁜 얼굴 있으랴

가볍고 여리지만 무겁게 가라앉는 존재라야
귀한 생명 움 틔우고

손에 손 잡고 천지사방 퍼져 날아
백 가지 꽃 요란하게 세상을 수놓으니

세월 따라 켜켜이 찌든 삶의 무게 줄이고
땅 속 깊이 무겁게 내려앉다

시선 3

태어나 한 번도 웃어보지 못한 자가 말한다

웃지도, 울지도 마라
슬퍼하지도, 기뻐하지도 마라
하늘이 내려와 땅이 되고, 땅이 솟아올라 하늘이 되었
으니
　높은 곳에 있는 자, 절로 땅으로 내려와 고개 숙이리라
　낮은 곳에 있는 자, 절로 하늘로 솟아올라 존귀해지리라

태어나 한 번도 걸어보지 못한 자가 말한다

걷지도, 서지도 마라
앞으로 나아가지도, 뒤로 물러서지도 마라
하늘의 저주 받아 두 다리 두 팔 받지 못하였으니
　전생에 지은 죄, 평생 허리 펴고 편히 잠들지 못하리라
　붉은 혀 날름이며 거친 땅 가시덤불을 구불구불 배로
밀며 참회하라

태어나 한 번도 살아보지 못한 자가 말한다

죽지도, 살지도 마라
살아서도 죽고, 죽어서도 살아라
쓴맛 나는 너의 삶, 바람에 실려 전설로 기록되리니
나비처럼 날아 이 꽃 저 꽃을 탐닉하되 욕망하지 마라
씨울도, 바탈도 없는 너는 꽃 피우되 열매는 맺지 마라

그날부터 무화과는 세상에서 가장 수치스런 나무가 되
었다

시선 4

누군가 봐주기를 바라며 아침마다 화장을 하고
누군가 찾아주기를 바라며 세상으로 숨어드는 밤
서럽게 질기고도 모진 인연 단칼에 자르지 못하고
가을 안개 젖은 낙엽으로 땅 위에 눕다

네 곁에 있어도 가슴에는 텅 빈 바람이 일고
네 곁에 다가갈수록 멀어져가는 반작용의 사랑
너를 향해 달리던 서슬 푸른 바다같이 날선 욕망
허방의 공간에서 길 잃고 헤매는

감홍시 빨갛게 애무하는 시월은 잔인하다

시선 5

별이 흘러내려 유성이라지만
흐른다 함은

자신을 버틸 힘을 잃고
아래로 떨어지는 것이다

제 몸을 불태우며 존재로서 주어진
시간을 버리고 죽는 것이다

대기에 부딪혀 가루처럼 쪼개지는 눈물
한 줄기 불꽃으로 타오르며 산화하노니

흐른다 함은
흔적 없이 사라지는 것이다

시선 6

만산홍엽 물든
어매의 팔십 년 삶
바싹 마른 낙엽으로 떨어지던 날

말을 잃은 입이 마르고
소리 잃은 귀가 마르고
눈물 잃은 눈이 마르고

깃털 보다 가벼운 몸
쑹 쑹 뚫린 구멍으로
스산한 늦가을 바람만 불더라

나는 이제 눈물도 나지 않는다
소금기 낀 입술이 남긴 어매의 때늦은 오도송
그제야 나는 펑펑 눈물이 쏟아지더라

시선 7

어둠 속에서 비틀거리던 밤
여명에 안겨 흐느껴 울고
술 취한 새벽 안개
바닥을 기며 꾸역꾸역 오욕을 구토하던 날
외양간 횃대에서 졸던 장닭
불안한 아침을 여는 것도 잊었다

꼬리 치며 컹컹 반갑게 주인 맞던 개도 잠자고
재잘재잘 귀청 울리며 노래하던 참새 떼도 잠자고
차르륵 차르륵 마당을 비질하던 아버지도 잠자고
어린 자식 추울세라 타닥타닥 장작 군불 때던 어머니도
잠자고

세상을 잠재운 마녀의 주문 풀어 줄 왕자 어디 있는가
백마의 달리는 발굽소리 아득하여 들리지 않는데
미친 듯 자라난 환삼덩굴
독사처럼 똬리 틀어 태양의 목을 옭죄다

시선 8

은하수 무리 검은 눈동자로 흘러내려
너와 나의 가슴 적시는 그리움이 되고
별똥별 하나 떨어져 사랑의 아픈 상처로 남는

밤

지난 늦가을 스산한 바람으로 떠난 너는
서걱대는 낙엽의 거친 몸부림으로 서성이고
첫서리에 얼어버린 소국小菊의 노란 눈물
새벽 안개로 꽃피어나다

까맣게 빛나는 세상을 희미하게 가리는
아침

아하, 너는 따스한 햇살로 오려나

어떡하지?

너의 그리움도,
나의 기다림도,
모두 사라져버릴 텐데

시선 9

우수 잠긴 비 내리는 아침
안개에 노랗게 물든 은행나무
한 닢 무거운 삶으로 떨어지고

바람에 쓸리고 발길에 짓밟혀도
젖은 몸 땅바닥에 딱풀처럼 달라붙어
악착같이 버티며 살아남으리

눈 감고 귀 막고 마음마저 빗장 걸고
두 다리 땅 속 깊이 박은 채
은행나무, 몸서리치며 가을이 간다

나의 하느님, 나의 하느님
나를 버리지 마소서

정오의 가을 하늘, 태양은 빛나고
마른 거품 이는 입술에 맺힌 체념으로
은행나무, 떨군 고개 아래 가을이 간다

엘리 엘리 라마 사박다니

나의 하느님, 나의 하느님
어찌하여 나를 버리셨나이까?

불러도 대답 없는 계절 가을에는
기도하지 않으리
매달리지 않으리

시선 10

그날 밤
바람이 시의 목을 베고
시가 바람의 배를 갈랐다
차마 죽지 못한 서로의 모가지는
붉은 피를 뿜으며 로켓처럼 허공을 치닫고
펄떡이는 심장은 물 떠난 고기 마냥
시멘트 바닥을 미친 듯 날뛰었다
위장에서 소화되지 못한 사상이,
대장에 이르지 못한 관념이,
애증으로 버무러진 욕망과 뒤섞여
덩어리째 쏟아져 내렸다
소리치고 울부짖고 매달리고 사정하며
바람은 시를,
시는 바람을 원망하고 저주하고 비난하며 죽어갔다
밤새도록 온전히 죽지 못한 바람이,
시가,
서로의 모가지를 부여안고
웅 웅 서럽게 울었다

민들레

너를 향한 그리움
하얗게 부풀어
공기보다 가벼운 솜털로 피었나

너를 향한 기다림
하얗게 곰삭아
바람 따라 흐르는 눈물이 되었나

온 천지 꽃 피어나는
오월에
홀로 외로이 늙어

훅
한 번의 입김
뜨거운 정념으로 흩어지다

나뭇가지를 자르며

1.

새 봄이다

텃밭 가득
겨우내 억눌린 생명들의
들뜬 욕망

기나긴 동면
극한의 인내로 견뎌낸 새봄의
미래로 분출되는 희망

푸른 하늘을 향해 질주하는
생명의 아우성
나뭇가지들이 치달린다

2.

지저분한 가지를 잘라야겠다

겨우내 무뎌진 전지가위 날을 벼리고
철컥 철컥 가지를 자른다
서걱 서걱 하늘을 자른다

땅 위에 널브러진 가지들
피도 흐르지 않는 사지를 떨며
무참히 잘려 쓰러져 눕는다

욕망하지 마라 — 자르리라
희망하지 마라 — 자르리라
미래는 없다 — 잘라내리라

3.

굴복하라

가슴에 옹어리진 울분을 토하고
노예로 굽실거리던 현실을 곧추세우고
리바이어던 ― 절대군주로 군림한다

일렬종대로 줄 세우고
일체의 항명을 잠재우고
저항 의지를 꺾는다

새 봄 텃밭에는
무도한 폭군 한 명
무모한 백성 한 명이 함께 산다

낙화

낙화落花 꽃이 지고
낙화洛花 모란이 지고

피어나고
피어 있을 때보다

뚝뚝 떨어져 내릴 때
꽃은 서럽게 피어난다

낙화落花 꽃이 지고
낙화烙畵 꽃을 새기고

꽃 같은
찬란한 젊음

인두로 지져 상아에 새기며
영원히 지지 않는 꽃 피우다

가을

가을엔 세상이 깊이 내려앉는다

온통 하늘을 향해 치달리던 식물의 검푸른 욕망
한 잎 낙엽 되어 땅 위로 내려앉아

행인들의 발에 짓밟히고
바람에 쏠리고 흩어져 사라진다

방하착*

너의 모든 근심
희망마저 모두 내려놓아라

가을은
묵직한 중력

깊이 내려앉은 세상
인동을 준비하다

* 방하착(放下着): '내려놓아라', '내버려라'는 뜻의 불교 용어.

까치밥

잎도 열매도 쏟아버린
텅 빈 겨울 하늘에
빨간 홍시 한 알 걸리었다

고수레~ 고수레~

손 타지 않은 순수
원시의 욕망이 부르는
소리

서설로 꽁꽁 언 마음을 불태워
허기진 세상을 소신공양하다

겨울

겨울이 좋은 이유는
텅 비어 있는 까닭이다

산과 들의 나무와 수풀 모두 들쳐 일어나
하늘을 찌를 듯 성성하고
남에게 뒤질세라 잎과 가지를 맹렬히 세우는
여름은 빈틈없이 꽉 차 있어 싫다

아무리 놓지 않으려 잡고 있어도
결국은 놓아야 하는 것을
버려야 하는 것을
사라지는 것을

빛바랜 욕망 땅 속으로 잦아들어 새싹으로 움트고
마른 잎 떠난 가지 새잎으로 돋아나고
봄이 우리에게 희망으로 다가올 수 있음은
겨울이 텅 비어 있는 까닭이다

늦가을에

나도 한때는 초록빛 꿈을 꾸었다
동토의 한겨울을 알몸으로 버티며
새 봄을 기다리던 나는
행복으로 충일하였다

누가 그런 나를 무지하다 하는가
몽상가라 폄하하는가
꿈꾸지 않고
헐벗은 현실을 버틸 수 있는 존재는 없다

꿈은
작은 움직임으로
속삭이는 귓속말로
언 대지 속에서 시작된다

봄이 화려한 이유는
새싹 때문이다
말없이 우리 곁에

다가서기 때문이다

쉿!

부산떨지 마
가을이 가고 있어
꿈꾸는 겨울이 오고 있어

삶

산다는 게
매양 흔적을 남기는 일이다

사랑해

젊은 날의 수줍은 고백은

네 가슴에 지워지지 않을
연민의 상처를 남기고

잘 있어

가을 낙엽처럼 서걱대는 키스는

이별에 진저리치는 네 입술에
뜨거운 정념의 불꽃으로 피어나

너를 향한

한 걸음 한 오라기 생각이

네 몸과 마음을 옭아매는 오랏줄이 된다면
허공을 떠도는 티끌 같은 흔적조차 남기지 않으리

그립다, 하여도 그리워하지 않으리
보고 싶다, 하여도 다가서지 않으리

기도하지 않으리
숨도 쉬지 않으리

그게 너를 위한 나의 사랑이라면

2부 비탄

부복

하루 삼 세끼 수치로 버무린 밥
뜨거운 눈물에 말아
후루룩 한 그릇 국물로 마시는
오욕의 세월

부복俯伏 — 고개 숙여 엎드리고
부복仆伏 — 넘어져 엎드리고
부복扶伏 — 배로 땅을 밀며 엉금엉금 기어가고
성한 두 눈 두 손 두 팔 두 다리를 잃다

매일 아침 붉게 타오르는 태양이 서러워
밤의 장막으로 드리운 하루를 차마 열지 못하고
아랫배 속으로 무겁게 가라앉는 중력의 삶
오늘 하루도 나는 서지 못하리, 걷지 못하리

두 다리로 서고 걸을 수 있어 사람 인 — 人이라면
하늘과 땅을 잇는 사람이 주인이라서 하늘 천 — 天이
라면

사람들아, 무릎 꿇고 고개 숙여 기도조차 하지 마라
　땅에 뿌리 박은 초목마저 저토록 성성하게 하늘 향해
뻗어 가거늘

비탄

1.

내려앉은 하늘 검은 어둠이 되고
꺼진 땅 솟아올라 푸른 별이 되던 날

슬픔을 알아버린 새, 날지 않고
아픔을 삼켜버린 새, 울지 않고

바람결 흐르는 곡조 따라
저녁 노을 잠긴 우수 담아 노랫말을 쓰다

2.

가슴의 살을 찢어 어린 영가 옷을 짓고
심장의 피를 뽑아 돌무덤에 뿌리던 날

눈물로 버무린 나물 반찬 서너 개

구수한 무시래기국 한 그릇 차려 놓고

두 번을 까무러치고, 세 번을 깨어나고
어미 새, 품을 떠난 아기 위해 진혼가를 부르다

조선낫

광복의 달 팔월
이 빠지고 무뎌진 왜낫을 던져버리고
푸른 검광 번득이는 조선낫을 빼어들다
영욕으로 휘어지고 굽은 역사를 쇳물로 녹여내어
압제로 억눌린 민초들의 원혼으로 부는 바람으로 풀무
질하고
수백 수천 번을 두드려 담금질하고 풀고
속박의 사슬을 단숨에 잘라버릴 날을 벼리다
텃밭을 점령한 외래종 잡초들의 성성한 기세
통제되지 않는 잡목들의 난무하는 가지들
현실을 휘감아 정의를 목조여 오는 환삼덩굴
두려울 것 없어라
베어내고 찍어 내리고 잘라버릴 터
곧은 것은 곧게 휘어진 것은 휘어지게
한바탕 신명 나는 춤사위로 해방의 날 맞으리라

오체투지

'쌍용차 해고자 전원복직, 정리해고 철폐를 위한 오체투지 행진단'을
위한 기도

어스름 아침에 일어나 신문을 펼쳐 드는데
1면 첫머리 사진 한 장 몽롱한 의식을 일깨운다
가톨릭 사제도 아니다
불교 수행승도 아니다
하얀 소복 입고 두 다리 두 팔 이마를 땅에 묻고
가지런히 열을 지어 엄동설한 찬 바닥에 엎드렸다
폭설로 내려앉은 온몸 거북이처럼 기어간다
영하의 추위에 언 몸 누에고치처럼 굳어간다

한솥밥 먹던 동료들이 목숨을 던져도
수십 미터 굴뚝으로 올라
하늘을 이불 삼아 북풍한설을 버텨도
눈길 한번 주지 않는 세상의 비정
권력은 잔혹하고 자본은 냉정하다
법은 무력하고 정의는 불의하다

쌍용차 정리해고는 정당하다는 대법원의 판결
믿고 의지하던 사법부 앞에 이 땅의 민초

모래성처럼 무너져 내린다
법과 정의는 어디 있는가
침묵하는 언론은 죽었는가 살았는가
누구를 위한 정부이고 권력인가
아무런 힘도 없는 민초들이 참회할 교만이나 있는가
그들에게 무슨 잘못이 있는가
오직 바란 게 있다면
공장으로 돌아가고 싶다는 것뿐

의지할 곳도, 힘도, 논리도, 언변도 갖지 못한 그들
마지막 할 수 있는 일이 온몸을 땅 위에 던지는 것이다
온몸으로 글을 쓰고 말하는 것이다
온몸으로 분노를 드러내는 것이다

어느 선지자인들 그들보다
더 낮은 곳으로 내려올 수 있는가
더 위대한 사랑을 실천할 수 있는가
더 간절한 희망을 말할 수 있는가

공장으로 돌아가고 싶다는 그들의 희망 이루어지기를
오체투지 온몸으로 땅 위를 기어가지 말고
두 발 힘차게 내딛으며 걷고 뛰어다닐 수 있기를
차가운 아스팔트 위 꽁꽁 언 주먹밥 먹지 말고
가족과 오순도순 아랫목에서
따뜻한 밥 한 끼 먹을 수 있기를
땅 속으로 고개 숙여 흐느껴 울지 말고
하늘 향해 두 팔 벌려 환하게 웃을 수 있기를

2015 을미년 새해 올리는 기도 이루어지이다

점—선

시원의 공간
별똥별 하나 뚝 떨어져
점—선이 되다

무릇 구부러진 것들은 배로
세상을 밀면서 살아가지
버러지들, 모습도 흉측해

두 다리로 서지 못한 것들은
짓밟히며 살아가지
버러지들, 왜 서지도 못해

땅 위에 떨어진 죄
고개 들고 하늘을 볼 수 없는 죄
점—선으로 태어난 죄

네 죄를 네가 알렸다
천형으로 이마에 새긴 주홍 글씨

자비로운 신의 눈물로 빛나다

추락秋落 1

11월 某일

허공에 매달린 가을의 심장이 쏟아져 내린
날

땅을 딛지 못한 꿈이,
뜻을 담지 못한 말이,
길을 찾지 못한 힘이,

캡사이신 젖은 눈물로 쏟아지고
동장군의 위세로 막아선 차벽에 막혀
분노로 들끓는 아스팔트를 안고 길게 늘어져 눕다

미처 물들지 못한 낙엽으로 무너져 내린
11월 某일 가을,

분노를 삼킨 슬픔은 자유로,
증오를 품은 사랑은 화해로,

투쟁을 넘은 연대는 평화로,

아우성치는 민중의 함성
붉은 단풍으로 거세게 타오르다

추락^{秋落} 2

11월 봇일

진한 슬픔에 억눌린 구름
가을비로 내려앉아 낙엽을 적시고
날개 잃은 어미 새
무거운 울음만 삼킨 채 하늘을 날지 않다

태양은 빛난다 하였으나
눈을 가린 어둠만 가득하고
꿈은 이뤄진다 하였으나
꿈속의 꿈에서 깨어나지 못하고
현실은 잠에 취해
몽유병 환자처럼 비틀거리며 걷는다

존엄한 삶과 죽음이
인간인 나의 사치와 허영이 되어버린,
체념과 절망이
패배자의 더러운 굴욕과 모욕이 되어버린,

한 끼 밥과 국이
약탈자의 비웃음 섞인 은혜와 선물이 되어버린,

그날

무 배추 거둔 밭에 밤새 된서리 내렸더라
가쁜 숨 몰아쉬며 버티던 성마른 잡초들의 절규
뾰족한 얼음 창칼 되어 서릿발 함성으로 꽃피어나리

어둠

어둠이 선이 아니라 악이라면
캄캄한 자궁에서 자란 우리는
모두 악의 자식이다

빛이 악이 아니라 선이라면
어둠에서 태어난 우리는
소리쳐 울지 않을 것이다

두 눈을 치켜뜨고
빛나는 세상을 바라볼 것이다
함박웃음꽃으로 피어날 것이다

어둠에 익숙한 눈은
빛을 받아들이지 못하고
꼭 감은 두 눈은 어둠을 원한다

빛은 공포다, 전율이다
어둠에 깃들지 못한 어린 영혼

빛에 고문 받다

잡초

목숨 질기게 이어온 우리는 알지
덩치 큰 것들의 삶이 얼마나 가벼운지
하늬바람에도 흔들리지 못하는 그 몸이 얼마나 가여운
지
왜 형체도 없는 신에게 그토록 매달리고 절규하는지

밟히고 짓이겨질수록 우리의 투쟁은 가열차고
날카로운 창칼에 잘린 목에서 뿜어져 나온 붉은 피
허공에 흩어져 다시 땅으로 잦아들 터
우리의 양식은 우리의 살과 피

땅에 뿌리박은 생명일수록
살고 싶다
살아야겠다
매달리지 않는다

땅에 고개 처박은 생명일수록
용서하라

용서해 다오
동정을 구하지 않는다

천지만물 성성하게 들쳐 오르는 칠팔월의 여름
헛꿈처럼 지나갈지라도
해지고 상처 입은 피투성이 우리 몸
새끼처럼 엮고 꼬아 땅 속 깊이 뿌리박고 살아나리라

디아스포라

떠났다
떠나야 했다
내게도 뿌리가 있었던가
중심이 있었던가
곱씹으며
뒤돌아보지도 않았다
한 방울 짠 눈물마저 흐르지 않았다

왜 떠나야 하지?
물을 겨를도 없었다
강퍅한 현실은 채찍 되어 등짝을 후려치고
질곡으로 얼룩진 운명은 사슬 되어 목줄을 조이고
바람에 날리는 야윈 몸
쭉정이 볍씨처럼
허공중으로 날려 흩뿌려졌다

모진 목숨 이어간 이 땅에,
긴 모가지 빼들고 수구초심 그리는 이 땅에,

설레는 가슴으로 한번도 안아보지 못한 이 땅에,
고향에

부초처럼 떠도는 유랑의 삶을 접고
씨앗으로 뿌리내려 싹 틔울 수 있을까

살아서도 돌아오지 못할 이 땅에,
죽어서도 돌아오지 못할 이 땅에,
삶과 죽음의 경계가 희미한 이 땅에,
고향에

오체투지 엎드려 간절히 기도하면
혼백으로나마 돌아올 수 있을까

디아스포라— 그들은 위대했다고
신의 허명으로 말하지 마라
사상과 이념으로도 말하지 마라
모래무지에 잠든 위대한 전설은

바람에 쓸려 사라지고 없으니

헐벗고 굶주린 내 영혼에게
따뜻한 밥이나 한 끼 지어다오

품위

품위를 지키란다
열예닐곱 피어나지도 못한 청춘
딸, 아들 칠흑 같은 바다 속 묻어 놓고
어미, 애비더러 절규도, 통곡도
품위를 지키면서 하란다

표를 달라 굽신굽신 구걸하듯 매달려 놓고는
푸른 기와집 떡하니 꿰찬 안주인 되더니
매일 아침 꽃단장한 해시시한 얼굴은
한번만 봐 달라 울부짖는 민초를 외면한다
그녀가 밟는 양탄자, 피울음에 젖어 붉다

굵은 쇠줄로 철의 장벽 둘러치고
무장한 경찰로 사람 장벽 겹겹 쌓고
고관대작 병풍처럼 줄 세우고 근엄한 목소리로
법과 질서를 지키란다
품위를 지키란다

"엄마, 정말 미안해. 아빠도 미안하고."
"살 건데 뭔 개소리야. 살아서 보자."*
기울어진 갑판 아래 생사의 갈림길에서
해맑은 웃음 띤 어린 학생들의 희망
무능한 국가, 어른에 대한 날선 질책 아니겠는가

국익을 위해 참으라니
경제를 위해 잊자니
동방예의지국 코리아가 언제부터
피도, 눈물도, 인정도 없는
동방무례지국이 되었는가

단장의 슬픔, 목숨 건 단식
기댈 곳 없는 유족들 앞
게걸스런 폭식투쟁 그 극한의 야만
제발 품위를 지키라
국격을 위해

* 세월호 참사 희생자인 단원고 2학년 3반 박예슬 양의 휴대전화 동영상에 나오는 학생들의 대화 한 토막.

국장일

2014년 12월 19일

통합진보당을 해산한다
헌법재판소가 오욕의 결정을 내린 날

2014년 12월 19일은
대한민국 민주주의에 조종이 울린 날

헌법도 죽고
헌법재판소도 죽은 날

통합진보당이 아니라
헌법 정신이 해산당한 날

법과 정의의 날선 칼이 불의하고 부패한 권력을 베지
못하고
헌법제정권력이자 주권자인 국민의 목을 베어버린 날

논리와 증거가 아니라
숨은 목적으로 대의제를 죽인 날

법치주의가 뿌리째 뽑혀
공안몰이의 희생물로 바쳐진 날

이성과 양심을 버린 재판관들이
정치와 이념을 주구처럼 따른 날

정의의 여신 디케의 가려진 두 눈에서
시뻘건 눈물이 성난 파도처럼 흘러내린 날

민심이 천심이라
민초의 역린을 건드린 너희

단두대 위 목 길게 드리우라
서슬 푸른 정의의 칼날 몸서리치고 있으니

허수아비

사도법관 김홍섭의 후배법관들에게

1.

법은 사랑이라고
법은 생명이라고
법은 가난한 자의 눈물을 닦는 손수건이라고
정의에 대한 믿음으로 살다 간 김홍섭
사람들은 사도법관으로 부르며 추앙한다

법에 따라 사형을 선고하고는
미안하다, 정말 미안하다
회개의 눈물을 흘리며
사형수마저 가슴에 품은 그는
죄수들의 맏형이자 어버이였다

수도원 종지기로 살고 싶다
그의 소원 병마로 이루지 못했지만
성聖 프란치스코를 본받아
평생 가난을 벗 삼아 살다간 그가 있어

이 땅의 법률가는 부끄럽지 않다

2.

2015년 7월 16일 제헌절을 하루 앞둔 날
검은 법복을 입고 높은 법대에 앉아
근엄한 표정으로 위에서 아래로 내려다보며
김홍섭의 후배 법관들은 오늘도 유무죄를 판단한다
이 땅의 사법 정의는 그들 손에서 죽고 산다

대법원 — 원세훈 전 국정원장 선거법 위반 사건
항소심 깨고 파기환송, 유무죄를 다시 판단하라!
서울중앙지법 — 세월호 추모집회 불법행위 주도 혐의
4·16연대 상임운영위원 박래군을 구속한다!

헐벗고 굶주리며 고통 받는 가난한 이들의 몸과 마음을
보듬지 못하고

상처 입은 세상의 아픔과 절규에 귀 기울이지 않고
법을 체제 안정과 질서 유지를 위한 도구로 활용하는
후배들을 보면서
사도법관 김홍섭은 어떤 생각을 할까
그들마저도 연민의 마음으로 가슴 깊이 품을까

3.

간밤
고향 뒷산 공동묘지에는
검은 법복 입은 도깨비 모여
깨춤을 추었다
통제되지 않은 인燐불이 광란으로 날뛰었다

정의의 여신 디케는 밤새 울었다
한쪽 눈을 가린 안대를 풀고
숫돌에 칼 가는 소리가 서러웠다

성황당에 걸린 그녀의 하얀 소복이
갈기갈기 찢어져 바람에 휘날렸다

2015년 7월 17일 제헌절 아침
나라 곳곳에서 열리는 경축 행사
굳은 표정으로 허수아비들 모여든다
음울한 장송곡 따라 울려 퍼지는 조사
대한민국 헌법 제103조는 죽었다.

"법관은 헌법과 법률에 의하여
그 양심에 따라 독립하여 심판한다."

굴뚝

땅에 깃들지 못한 자
오욕의 삶을 등에 메고 하늘로 오른다

디딜 땅이 없는 자
비바람 피할 길 없는 굴뚝에 둥지를 튼다

땅에서 태어나 살다 죽어갈 땅의 자식들
한번 오르면 영영 내려올 수 없는 말콩포르 독방*에
스스로를 가둔다

차광호 408일
김진숙 309일
최병승·천의봉 296일
이정훈 260일

고공투쟁 — 언제부터 굴뚝은 슬픈 마천루가 되었나

비나이다, 비나이다

천지신명께 비나이다

갈갈이 찢긴 온몸에서 쏟아진 피
성난 강물로 흐를지라도
하늘이 아니라 땅에서 싸울 수 있기를

하늘에서 올리는 피 끓는 기도
땅에서 이루어지이다

* 알베르 카뮈의 소설 「전락」에 나오는 한번 들어가면 평생 잊히고 마는 독방.

광란

서울 압구정동 어느 아파트 경비원 분신 사망 소식을 듣고

밤새 세상은 미친 듯 날뛰었다
미친바람에 메마른 낙엽은 스스로 목숨을 다투었다
하늘은 땅으로 내려앉고, 땅은 하늘로 솟구쳤다
한 줄기 인정도, 눈물도, 정의도 사라졌다

술 취한 망나니 칼춤을 춘다
죽음은 선택 아닌 필연
굴종 아닌 자유다
죽음을 강요하는 세상이 미쳐 날뛴다

자본에 속박되고, 권력에 무릎 꿇고
벌거벗은 몸뚱이 제물 삼아 천제를 올린다
출구 없는 삶은 지옥이다
이룰 수 없는 꿈과 희망은 살인이다

염치를 잊은 세상
찬바람 같은 비웃음만 남은 자리
연민도, 동정도 하지 마라

민초의 질긴 목숨 죽어서도 살아날 것이니

내일,
망나니의 피 묻은 칼날 당신 목을 치리라

시지프스

야윈 등짝에 매달린 등짐
천형으로 불거진 혹이런가
쇠똥구리 공 굴리듯
시지프스 오늘도 산비탈을 오른다
쭈글쭈글 폐지로 구겨지고 버려진 삶
저울에 달린 추의 무게로 내려앉고
턱밑을 차오르는 숨 가쁜 현실
성마른 입술 거품으로 인다
값싼 동정
허기진 뱃속 한 끼 밥에 미칠까
천국이니 연옥이니 지옥이니
죽은 세상일랑 묻지 마소
살아 있는 삶의 무게
태산보다 무거운걸
허공을 가르는 저울인들
고목 같은 이 몸 달 수 있을까
뼈와 살을 갈아 눈물로 버무린 생사의 바위
애써 산꼭대기로 밀어 올리면 무엇하리

이내 흙먼지 날리며 떨어지고 말걸
세상은 정의롭고 공평하다 말하지 마소
한번도 내 편 되어준 적 없는 것을

묵은 책을 정리하며

쿰쿰한 곰팡내 나는 젊음을 삭힌 그대
과거의 비린 추억을 켜켜이 먼지로 쌓아둔 그대
밤이고 낮이고 책장 위에서
감시의 두 눈을 번득이는 그대를

버리려 한다, 떠나려 한다, 마음을 굳힌 날
창 밖에는 서되 세말의 소낙비가 내렸다
오랜 가뭄으로 목마른 지적 허영이
쩍쩍 갈라지는 소리가 들렸다

자유보다 독재를, 사랑보다 배신을
희망보다 절망을, 이상보다 현실을
묵언으로 잃은 목소리로 나는 명령한다

살고자 하는가? 고개 숙이라
죽고자 하는가? 고개 들어 찬양하라
비겁하면 살 것이요, 당당하면 죽으리니

맑스의 목을 베어 프로메테우스의 지혜를 훔치고
칸트의 배를 갈라 박제된 이성을 살리고
릴케를 주리 틀어 젊은 시인에게 보내는 편지를 쓴다

사랑하오 ― 사랑하오?
보고 싶소 ― 보고 싶소?
그대 품에 안겨 영원히 깨어나지 않을 꿈을
꾸고 싶소 ― 싶소?

너의 사랑은 나의 사랑이 아니다
너의 그리움은 나의 그리움이 아니다
너의 꿈은 나의 꿈이 아니다

너를 사랑한다 애원해도 나를 믿지 말고
네가 그립다 애원해도 나를 떠나라
나를 버려도 좋다, 네 품에 머물 수만 있다면

은둔과 유목의 경계에서

사방천지 비산하는 과거의 아픈 기억에 움츠리고
갈기갈기 찢어져 해지고 거멍해진 영혼으로 숨어들고
등신불에 꼬여 욕망으로 돋아난 열 개의 손가락을 불태
우며

죄 많은 몸 육화肉化를 구하고
참회로 녹아내린 두 무릎 지팡이 삼아
떠나야지, 벗어나야지, 이 질곡의 현실을

떠나는 사람은 시간을 다투지 않는다
낮은 오롯이 눈부신 슬픔으로 빛나고
밤은 어둠에 숨겨야 할 아픔이 된다

걸어가는 길 내려앉은 절망이어도
한 뼘 기댈 수 있는 당신의 체온만 있다면 살아갈 수 있지
암, 온기를 느낄 수만 있다면 살아야지

돌아보지 마라, 머물 수 있다면 경계가 아니다

흐느껴 울지도 마라, 떠도는 몸은 경계를 모른다
이제 가자, 매양 삶이 그러하지 않더냐

악몽

조폭 사내가 무릎 꿇리고 명령한다
그분에게 머리 조아리라
무릎을 꿇고 살기보다 차라리 죽기를 원한다*
거칠게 항변한다
내가 왜 그에게 머리 조아려야 하는가
나는 죽기 살기로 도망하고
심장은 터질 듯 벌렁거린다
조폭 사내가 부하에게 짧은 말로 명령한다
잡아라
부하에게 외투자락이 잡히려는 순간
아내가 몸을 툭 친다
악몽이다
끈적한 땀이 등골을 따라 흘러내리고
맥 풀린 다리는 일어날 힘마저 잃었다

새벽 두시 반이었다
밤새 광화문에서는 물대포를 맞으며
차벽을 뚫으려는 시민들과 경찰이 대치하였다

캡사이신 섞은 물이 최루탄에 비하면 매운 것도 아닌데
왜 이리 서럽노 씨바!
끌려가도 고문당하지 않아서 다행이라 생각해야 하나
어느 페친의 글을 읽는데
대구―서울 직선거리 237킬로미터의 길이로
수직폭포 같은 눈물이 쏟아진다
내 손으로 투표하고 뽑은 대통령도, 국회의원도
모두 내 책임이라는 민주주의의 역설이 서럽고
대한민국의 모든 권력은 국민으로부터 나온다는
헌법 제1조를 만든 두 손이 저주스럽다
정의니, 적법절차니, 헌법정신이니
지식을 팔아 삼 세끼 밥을 구하는 법학자의 삶
때가 되면 허기지는 위선이 가증스럽다

달도 차면 기울고
그릇도 차면 넘친다
민심은 천심
민심이 곧 하늘의 뜻 아니던가

통치의 근본은 민심이거늘
그 마음을 외면하고, 무시하고, 부정하는 정치권력
어찌 망하지 않을쏘냐
헐벗고 상처 입은 세상의 아픔을 안지 못하고
자식 잃은 어미 애비의 눈물도 닦아주지 못하고
차벽으로 가두고 물대포로 막아서고
대명천지 이보다 더한 야만이 어디 있는가
무능보다 무서운 게 독선이고, 아만이고, 집착
가래로 막을 것을 호미로 막을 수 있는가
대통령에게 권하노니
주권자 국민 앞에 두 무릎 꿇으라
머리를 조아리라
악몽에서 깨어나는 방법은
이것밖에 없다

* 남영동 대공분실에서 고문을 당하고 열린 1차 공판에서 민주화운동청년
연합 전의장 김근태의 진술.

3부 가면놀이

교수님 스타일 1

나는 교수님이다
사람들이 불러 교수님이고
사회적 지위가 교수님이다

교수님은

술도 못 마시고
헛소리도
욕도 못 하는 줄 안다

온종일 책 읽고
글 쓰고
연구만 하는 줄 안다

교수님도

밥 먹고
똥 싸고

사랑도 한다

화도 내고
시기하고
질투도 한다

다만
교수님 스타일로

교수님 스타일 2

교수님으로 대접 받으려면
느릿느릿 움직여야 한다

한번씩은
허, 허, 그렇지요
너털웃음 흘리며
소주잔을 들어야 한다

잠깐!
원샷 금지
반잔씩만 마시라

교수님으로 대접 받으려면
느릿느릿 말해야 한다

한번씩은
허, 허, 그렇지요
맞장구치며

소주잔을 들어야 한다

잠깐!
원샷 금지
반잔씩만 마시라

교수님 스타일 3

교수는
그저
허 허 허
웃으면 된다

알든
모르든
일단
웃으면 된다

웃다가
가끔
그게 아니야
좋아, 그렇지
추임새만 넣으면 된다

그러고는
다시

허 허 허
웃으면 된다

교수님 스타일 4

수업 첫 시간
누렇게 변색된 시험지 뭉치를 흔들며
교수님은 말씀하셨다

탈고만 하면 되는데
왜 이리 바쁜지
법은 어찌 그리 자주 바뀌는지

10년 전에도 같은 강의안을 들고
같은 말을 했다고
선배들은 전설처럼 말했다

교수님은 보직을 하느라 늘 바빴고
법은 수시로 바뀌었다
전설은 후배들에게도 전해졌다

교수님은
결국

정년 때까지 책을 쓰지 못하였다

하지만 누가 교수님을 탓할 수 있겠는가
퇴직하면서 교수님은
명예교수님이 되었다

교수님 스타일 5

우리 할아버지는 말이지
우리 아버지는 말이지
우리 삼촌의 사돈 팔촌의 아들은 말이지

교수님의 집안 자랑은 끝이 없다

나는 고생 모르고 자랐어
운도 좋았지
착하게 사니까 복이 있었어

교수님의 자기 자랑은 끝이 없다

사람은 말이지
공부 이전에 사람이 되어야 해
사람이

교수님의 착한 사람 예찬은 끝이 없다

그런데 교수님

수업은 하지 않으세요

말할 수 없다

사람은 모름지기 착해야 하니까

교수님 스타일 6

교수님은 입버릇처럼 말씀하셨다
요즘 글은 읽을 게 없어
싸구려 글을 써서 뭣해
쓰려면 대작을 써야지, 대작을

대학원 시절
교수님 앞에서 나는 절로 작아졌다
역시 교수님은 대단하시다
그렇게 여겼다

전임교수가 되기 위해
다작은 피할 수 없었고
글을 쓸 때마다 몸서리쳐지는
양심의 가책

요즘 글은 읽을 게 없어
— 하릴없이 종이만 낭비하는 것은 아닐까

싸구려 글을 써서 뭣해
— 나는 지식을 사고 파는 잡상인이 아닐까

쓰려면 대작을 써야지, 대작을
— 부족한 내가 학자가 될 수 있을까

글을 써서 발표할 때마다
교수님 말씀은 비수처럼 날아와 가슴에 꽂혔다

교수님이 은퇴하신다는 소식을 들었다
얼마나 대작을 쓰셨을까
궁금해 하는 내게 후배가 말했다
지난 20년 동안 교수님은 절필하셨어요

역시 교수님은 대단하시다
붓을 꺾을 수 있어야 대가가 아닌가
교수님은 절필함으로써
대작을 넘어선 명작을 남기는 모범을 보이셨다

교수님 스타일 7

교수님은
힘을 옹호하셨다
국가가 강해야
기업이 강해야
국민을 보호할 수 있다 강변하셨다

교수님은
약자를 경멸하셨다
게으르기 때문에 가난하고
가난한 자는 비천하다며
국가 재정만 축낸다고 비난하셨다

교수님은
권력에 천착하셨다
폴리페서는 명예로운 칭호였고
언제든 떠날 준비가 되어 있었다
교수님의 존재 이유는?

권력이었다

교수님 스타일 8

노회는 약삭빠름의 다른 표현이다
인생 60에 교수 경력 30년이면
세상의 흐름 따라 부리는 재주는
꼬리 아홉 달린 구미호를 능가한다

진실성을 잃어버린 지식인은 위험하다
순수성을 잃어버린 지식인은 교활하다
지적 교만에 빠진 지식인은 무지하다
권력을 쫓는 지식인은 비루하다

학연, 혈연, 지연은 우리 사회를 망치는 세 가지 독소
그 중심에 지식인이 있다
노회한 지식인은 겉으로는 독소 척결을 외치지만
속으로는 인연 맺기에 골몰한다

몸은 대학에 있지만
마음은 늘 밖에 있다
교수라는 지위는 세상을 향하는 출구

오늘도 교수님은 연구실을 서성이고 있다

교수님 스타일 9

회피는 교수의 미덕
인품 있다는 말은 목숨보다 소중하다
사회정의니 교권이니
목소리를 높이는 것은 어리석다
가만히 있으면
사람 좋다 칭찬이나 듣지
쓸데없이 관여하여 좋을 일 없다

권력의 시녀란 말은 구태의연하다
사람이 권력을 떠나 살 수 있는가
자본의 시녀란 말은 가당찮다
사람이 돈을 떠나 살 수 있는가
권력이든
돈이든
힘과 능력이 있어야 가지는 법

사람은 모름지기 누울 자리 보고 다리를 뻗어야 한다
권력도 돈도 없는 곳에 마음을 두는 것은 어리석다

대의와 명분은 나와는 다른 그들의 것

그들에게 맡겨 두라

나서지 마라

교수는 품위만 지키면

권력도 돈도 절로 따르는 것을

교수님 스타일 10

연緣과 벌閥은
교수님이
사람을 판단하는 절대 기준

사돈의 팔촌하고도 그 팔촌까지
초중고 대학, 고향, 군대, 친목회까지
연과 벌로 엮는다

거미줄처럼 엮어진
연과 벌은
교수님 능력의 원천

나는 누구인가
존재에 대한 물음은 부질없다
연과 벌에 해답이 있는 것을

가면놀이

1.

내가 있는 고을에는
모두 박사님들만 산다

모두 거룩하시다
자신의 영역 안에서는

모두 너무 똑똑하시다
자기 생각 딴에는

2.

나와 그들은
모두 교수님이라 불린다

교수님들은

모두 자신만의 가면을 쓰고 다닌다

너무 거룩하시고
너무 똑똑하시니

그 가면마저도
모두 거룩하시고 똑똑하시다

3.

모두 박사님이신 교수님들은
짝짓기도 잘 한다

패거리 지어 데모도 잘 하고
자기 패거리가 아니면 욕도 잘 한다

인사를 해도 무시하고

밥도 패거리끼리만 먹는다

4.

내가 사는 고을에는
매일 가면극이 열린다

우리 서로 배우가 되고
관객이 된다

우린 서로를 알지 못한다
가면 속에서도 우리는 행복하니까

5.

내가 사는 고을에는

모두 박사님들만 산다

세상의 진리는 그들에게서 나오고
또 그들 속에서 왜곡된다

나와 그들은
오늘도 가면놀이를 한다

대학 정신

모든 것이 돈으로 사고 팔리는
이 세상에서
돈으로 살 수 없고
돈에 팔려서는 안 되는
가치는
정신이다
물건을 사도
정신과 함께 사야 하고
물건을 팔아도
정신과 함께 팔아야 한다
물건만 사고 팔고
정신을 사고 팔지 못했다면
그 거래는 실패한 것이다

모든 것이 돈으로 사고 팔리는
이 세상에서
돈으로 살 수 없고
돈에 팔려서는 안 되는

가치는
대학의 정신이다
정신이 사라진 대학이
대학일 수 있는가
돈에 휘둘리고
돈에 굴복하는 대학이
대학일 수 있는가
시대 정신을 이끌 수 없다면
그 대학은 실패한 것이다

대학은 길이다
東으로, 西로, 南으로, 北으로
左로, 右로
위로, 아래로
사통팔달 통하는
허방의 길이어야 한다
물질이 정신과 섞이고 녹아들고
동양과 서양이 섞이고 녹아드는

실험과 해방의 공간이어야 한다
대학을 가두고자 하는가
길들이고자 하는가
통제하고자 하는가
그 사회는 이미 실패한 것이다

대화와 소통이 사라진 자리
강압과 불신이 가득하고
자유와 민주의 이상과 가치가 사라진 자리
독재의 망령이 되살아난다
타협할 수 없는
물러설 수 없는 자리
대학의 자유와 자치가 아니던가
정신을 버리고 얻은 물질로
대학의 갈 길을 열 수 있는가
궁핍하지만 비굴하지 않고
의연하고 당당할 수 있는가
시대는 대학에게 묻는다

너는 누구인가

죽음서곡

1.

나는 매순간 죽는다
죽지 않고 살기 위하여
죽으면서 살기 위하여
나는 매순간 나를 죽이며
낄낄 웃는다
죽음은 나를 키우고
단련한다
나를 살리고
생명을 준다
눈과 지혜를 틔우고
피와
삶을
알게 한다
그런 죽음을 위하여
나는 죽는다

2.

나는 민주도 죽이고
자유도, 정의도 죽인다
공산도 죽이고
인민도, 통일도 죽인다
밥을 구하여 목숨을 버린 이들,
이념과 사상을 따라 바람처럼 흩어진 이들,
난 그들도 죽인다
철저하게 죽이고
또 죽인다
죽음의 가면 아래 목숨을 구걸하는 이들,
난 이들은 난도질한다
암흑 속에서도 별을 바라보는 이들,
태양 아래에서 빛을 구하는 이들,
죽고 죽는 그들도
난 죽인다

3.

원한으로 맺힌 가슴은
칼로 구멍을 뚫자
쇠사슬로 칭칭 동여매진
자본과 권력, 그리고
이데올로기
허상으로 가득 찬 우리의 골수는
칼로 뻥 구멍을 뚫자
찌르기를 두려워하는 것은
살기를 두려워하는 것
철철 흐르는 피에서만
나는
진리를 볼 수 있을 것이다
살 수 있을 것이다
싸울 수 있을 것이다
이길 수 있을 것이다

4.

나는 안다
그들이 죽는 것을 얼마나 겁내는가를
살아서 외치는 함성보다
죽어서 흘리는 피가
어떻게 이 땅을 진동시키는가를
안다, 그들은
죽음은 해방이다
조국이다
민족이다
그리고
둘 아닌
하나 된 통일이다
죽음은
백두와 한라를 살리는 생명줄이다
피처럼

독백 1

글은 툭툭 장작 패듯 써야 한다
절절이 설움이 배어나
생명이 꿈틀꿈틀하는
글은 툭툭 찍어내려야 한다
살아 있는 것은 살아 있게 하고
멈춘, 그대로 두라

보자

메마르고 시든 역사에
글은 거름이 된다

독백 2

테미스,
그대 어디 있는가
독재자의 굶주린 광기로
흘러내리는 민중의 피 속에
피는 꽃인가, 그대는
추위로 멍들어 검푸른
버려진 민중의 증오에 찬 눈동자 속에
타는 불인가, 그대는
밟히고 빼앗긴 형제의 야윈 가죽 위에
그대는 어떻게 정의의 빛을 비추려는가
지금도 그놈은 시뻘겋게 단 인두로
우리의 폐부를 지지는데
각목과 쇠사슬로 부러져 나부러진
뼈 마디마디를 때리고 조이는데

테미스,
그대의 정의는 어디에 있는가
두 눈을 가린 헝겊을 풀어 헤쳐라

보고도 자르지 못하는 무뎌진 칼로
어찌 그놈들의 모가지를 자를 것인가
그놈들의 검게 그을린 심장을 꺼내어
저울에 달 것인가
초점을 잃은 그대의 두 눈을 가린
두꺼운 헝겊일랑 이제 벗어버리라
근엄하게 장식한 법관들의 검은 옷을 찢고
그들의 세 치 혀를 단죄하라
우리는 그들의 나불대는 교묘한 말과 문장을 모른다
오직 자유로운 생존만이 우리의 세 끼 밥일 뿐
말할 수 있게 하고, 걷고 뛰어다닐 수 있게 하라
노래하고 춤출 수 있게 하라
살게 하라

테미스,
그대는 더 이상 법과 정의를 상징하지 않는다
그대가 말하는 법이란
민중의 피와 살로 기생하는 '그놈들의 법'이었어

처절하게 저항하는 우리의 목줄을 밟고
그대는 '그놈들의 정의'를 말하였던 거야
없는 놈은 뒈져라
빽 없는 놈은 꺼져라
빽빽한 놈은 뒈지도록 패라

테미스,
눈을 뜨라
이제 법은 권력의 시녀도, 옹호자도 아니다
빵을 위한 자들의 학문도 아니다
법은 생명이 깃든 만물의 탯줄이며 뿌리다
정의를 새롭게 하고
법의 샘물을 끊임없이 퍼내라

테미스,
우리는 살 권리를 가진다
그대가 이제껏 우리를 구속한 규율을 버리라
그대가 다시 태어나지 않는 한

116

우리의 뜨거운 가슴과 함성을 포옹하지 않는 한

우리는 그대의 허상을 거부한다

부순다

깨뜨려 버린다

그대의 감겨진 두 눈이 생명의 지혜로 빛나지 않는 한

그대는 칼과 저울을 버리라

차라리 우리는 스스로 걷고 생각하며

행동한다

천둥이 울리면 번개가 치듯

바람이 불면 잎새가 흔들리듯

우리는 자유를 선포한다

우리들에게

독백 3

내가 자유를 말하고 민주를 외칠 때
나는 자유인이었지
사슬과 억압의 굴레 속에서도
민중의 고통과 기쁨, 아니
그들 삶의 뿌리까지도 안을 수 있으리라
꿈꾸며 고뇌했고
어설프게 주워들은 몇 개의 법조문과
메마른 개념들, 그리고
철저히 가식으로 가득한 자만으로
나는 자유주의자다
나는 민주주의자다
스스로 나만의 울타리를 만들었지
나의 성 안에서 나는 자유주의자, 민주주의자였고
결국 그것이 나를 융통성 없는
체제 맹신자로 만들어 버렸지, 바로 그게
또 다른 독재를 위한 더러운 거름이 되었고
반동적인 자유민주주의자,
신민주독재자로 탈바꿈될 줄이야

권위 속에서 권위의 부재에 통곡하고
자유 속에서 자유의 부재에 통곡하는
우리의 한심한 현실 속에서
회의와 번민은 계속된다
목줄을 죄고 드는 체제와 정비된 제도는
누구를 위한 것이며
누가 만든 것인가
이 땅에 사는 우리는 국가를 위하여 사는가
국가를 이루고 있는 우리는 이 땅을 위하여 사는가
이 땅을 사랑하는 우리는
그래서 국가를 위하여 살아야 하는가
조각조각 흩어진 무수한 이론과 관념의 실체 앞에서
나는 무엇을 어찌해야 할까
이 땅은 유구한 시절 전부터 있었고
우리도 또한 생명의 기원을 따라 살아왔다던가
그래서 나의 조국, 민족이 되어
부둥켜 어울리어 지켜온 반만 년 역사라고 하던데
어떤 놈은 부역배가 되어 민족의 목줄을 죄고

어떤 이는 한 어린 만주,

시베리아 벌판에서 칼을 갈았다는데

죽일 놈은 애국자로, 애국자는 판자촌으로

이 어디 육시혈 양상인가

형과 아우들 서로 총부리 겨누고 흘린 피,

따이한의 목숨으로 거둔 돈,

민족을 위한 것이었을까

조국을 위한 것이었을까

이 땅은 우리를 낳았고

우리는 이 땅을 걸구었지

우리가, 우리의 가슴을 부둥켜안으며

민족이 되고, 형제가 되어

우리의 조국, 코리아를 만들지 않았는가

조국의 이름 아래 기생하는 우리인 너를 보고

나는 할 말이 있다

우리가 있는 한

코리아는 없어져도 산다, 언젠가는

이민족의 창칼 아래 갈비뼈가 부러진 유대를 보라

모진 땅 자갈을 뚫고 일어서는 질경이를 보라
껍데기 코리아는 가라
껍데기 너는 뒈져라
껍데기 나도 꺼져라
그래야 우리가 산다

독백 4
젊은 영혼에게

얼굴 없는 시인 기평이가 얼굴을 가졌을 때
그는 이미 철창에 갇힌 몸이었다
안기부 대공분실에서 당한 잠 안 재우기 고문으로
파리한 모습으로 우리 앞에 나타날 때마다
우리는 모두 범죄자 된 심정으로 그를 보았고,
견디다 못하여 자른 동맥의 시퍼런 핏줄에서
터져 나온 피 ── 죽을 자유마저 강탈당하여 꿰맨 손목엔
짓밟히고 이겨진 우리 역사의 상흔, 그 비틀림
어제 그는 웃으며 검찰청사로 송치되었고
그의 앞뒤에선 카메라 후레쉬만 요란하였다
도덕적으로 타락한 파렴치한 인간 ── 여자조직원
서울대 미대 서양화과 출신 정○○(27)과 교제,
애정행각, 부인과 별거 ── 이라고 발표한 안기부,
그의 얼굴도 모습이 없다
얼굴 없는 권력 안기부가 얼굴을 가졌을 때
그는 어디에 있을까
헌법마저 유린되고 짓밟혀 신음할 때
노동자 시인 ── 얼굴이 없던 노해가

우리 이웃 기평이가 되어 얼굴을 가지고 웃는다
인간은 더 이상 존엄하지도 않고
형사 절차가 더 이상 적법하지도 않을 때
얼굴 없던 기평이는 이제야 얼굴 있는 기평이가 된다
그래, 뜨거운 가슴과 맥박을 가진 ― 살아 있는
내 친구 기평이가 된다

독백 5

요즘 세상은 빽이 있어야 산다
사돈의 팔촌하고도 팔촌일지라도
빽이 없으면 되는 일이 없다
아무개 검판사가 내 사돈의 팔촌
하고도 팔촌 아재비고
국회·시·도·지방의원 아무개도
내 처삼촌의 사돈의 팔촌하고도
팔촌 동생이라고 해야만
통하는 세상이다
빽이 통하는 세상이니
너도 나도 빽 통 빽 통 한다
빽에다 돈이면
만사형통이다
지화자 좋을시고
금수강산 대한민국 만만세다
빽에다 돈을 먹이면
교수가 교권을 팔아먹고
아비가 딸년을 담보로 하는 판이다

청와대 비서실 빽이면
전부 끔빽 죽는다
사기 당하고도 당한 놈이 없으니
빽이란 대단한 영약인 모양이다
빽이란 곰쓸개·발바닥, 동남아 뱀탕, 골프탕, 망국탕
그래서 성현께서 이르기를
빽으로 일어선 자
빽으로 망한다 하였느니라

권위주의에 맞서 싸우는
따뜻한 감성의 리얼리스트

권순진 (시인)

무엇을 시적 대상으로 삼아야 할까. 시를 쓰는 사람이라면 늘 근원적인 질문에 봉착하지만, 사실 시적 대상은 워낙 광범위해서 어떤 소재를 가져와야 한다는 법칙은 없다. 잔잔한 일상에서 건져 올리는 서정일 수도 있고, 추상적인 관념에 집중할 수도 있다. 사물의 본질에서 유추해내는 사유를 정제해도 무방하며, 현실을 외면하지 않고 사회의 모순을 파헤쳐 비판하는 시를 쓸 수도 있겠다. 현대시는 저마다의 목소리를 내는 시적 개성을 허용하기 때문이다.

채형복 시인은 로스쿨에서 법을 가르치는 법학자이다.

경직된 법학을 전공한 사람이 긴장의 이완을 위한 여기餘技
나 문화적 취향쯤으로 시를 쓰는 게 아닐까 하고 생각하
는 사람이 있을지 모르겠으나, 그에게 시는 그런 수준에
머물지 않는다. 그렇다면 법학자가 쓰는 시는 다른 무엇
이 있는가, 법과 문학의 양립은 가능할까, 서로 길항하지
않고 상호보완적이며 법학 속의 문학, 혹은 문학 속의 법
학이 존재할 수 있겠는가 따위의 의문이 여전히 남는다.

솔직히 문학에서도 시와 법이 섞이기란 어렵다. 법과
시의 영역은 물과 기름처럼 분리되어 있으며 서로간의 통
섭을 기대하기도 힘들다. 법과 문학은 그들 나름의 고유
하고 독특한 결이 존재하기 때문이다. 하지만 둘 다 인간
세계를 그 대상으로 하고, 궁극의 지향점이 같거나 적어
도 유사한 면이 있다. 법이 그렇듯 문학도 인간의 감정과
사상을 다루는 언어의 기록이다. 언어를 매개로 사람들의
삶을 규정하거나 해석하고 묘사한다는 공통점을 갖는다.

무엇보다 법과 시의 가장 두드러진 공통점은 세상의 문
제와 갈등을 소재와 대상으로 삼는다는 점일 것이다. 채
형복의 시는 주로 이러한 사회 현상에서 나타나는 인간
의 갈등과 모순을 다루며 인간 존재의 문제를 탐구한다.
인간다운 삶을 규명하기 위해 법 감정을 개입시킬 경우
도 있다. 때로는 직설적으로, 더러는 에둘러서 말하는 방
식을 채택한다. 그는 세상일에 참견하는 이른바 참여시를

즐겨 쓰는 시인이라 할 수 있는데, 그렇다고 그것만이 다는 아니다.

칠레의 민중시인 네루다가 말했던 것처럼 '리얼리스트에 불과한' '죽은 시인'은 아닌 것이다. 현실주의 감각만 부여안고 시를 쓸 수는 없지만 그는 현실을 내려놓지 않는 시인이다. 시인이 사회적 책임을 피하지 않고 사회적 발언을 하는 것은 일종의 본분이며 의무이고 양심이다. 하물며 그는 국립대학교 법학전문대학원에서 학생들에게 법을 가르치는 법학자가 아닌가. 그렇지만 그 자신도 매양 용감무쌍할 수만은 없어 주춤거릴 때도 있을 것이다.

소외된 이들의 한을 어루만지면서 겪었을 번민과 우울, 회의와 고독으로 밤을 지새울 때도 있었으리라. 그러나 "시인은 민중을 두려워해서는 안 된다"고 한 네루다도 "나는 터널처럼 외로웠다"고 토로했다. 홀로 외로움을 삭여야 할 경우도, 시에서도 다 풀어내지 못할 설움도 있었으리라 짐작된다. 모르긴 해도 법학 교수가 무슨 시를 쓰느냐, 시를 쓰려면 곱게 시를 쓸 일이지 왜 현실정치에 이러쿵저러쿵 참견하느냐는 등의 군소리도 들었으리라.

그러나 정치철학자 '마사 누스바움'이 『시적 정의』*Poetic Justice*라는 책에서 "시인과 판사가 하나 되는 세상이라야 공적 영역에서 정의가 세워진다"고 한 역설을 마음속 깊이 새기고서 그는 열심히 시를 썼으리라. 이번 채형복 시

128

인의 여섯 번째 시집『바람이 시의 목을 베고』를 읽는 동
안 내내 서늘한 기운을 느꼈다. 서투른 서정이 끼어들지
않았기에 더욱 비장감이 흐르는지도 모르겠다. 나로서도
문학의 궁극적인 의미와 효용에 관해 돌아보는 계기가 되
었다.

시인을 떠난 시는
세상에 던져지는 순간
죽는다

세상은
시를 묻는 거대한 무덤
죽은 시로 쌓은 백골탑

억누를 길 없는 시심
비탄의 강물 되어
시인의 가슴을 흐른다

죽은 시를 살릴 길은 단 하나
억겁으로 맺은 인연
눈 밝은 독자를 만나는 것

—「시선 1」부분

시집 1부의 「시선」 연작시 가운데 첫 번째 시다. 시인이 시를 쓰는 의미를 포괄적으로 선언하면서 독자와의 관계를 규정했다. 문학의 힘은 독자들에게 타자의 삶에 대해 공감하도록 하는 능력이 있다. 독자는 그 시인의 설파로 인해 인생을 높게 넓게 그리고 깊이 배운다. 또 마음의 고통이나 삶의 어려움도 스스로 견디고 이겨내는 정신적인 힘도 얻는다.

시는 시인의 손을 떠난 그 순간부터 소유권이 이전되어 시인이 관여할 수 없는 부분이기에 시인의 입장에서는 죽은 거나 진배없다. 그 죽은 시가 책갈피에서 다시 들추어지지 않고 독자의 공감을 얻지 못한다면 다시 살아나지 못한다. 시가 사회 변혁의 도구는 되지 못하더라도 그 공감을 통해 독자로 하여금 경험과 삶을 들여다보게 하고, 혼탁한 삶에 질서를 부여하는 가지런한 창의 구실 정도는 할 수 있을 것이다.

그것이 시의 효용이고 눈 밝은 독자는 그 가치를 취하면 된다. 그리고 시는 자신과 세계에 대한 고백이다. 시가 아니라면 그 수많은 고백과 고발을 누가 감당하랴. 독자로서는 차마 하지 못하는 자신의 고백을 대신 해주는 것이 시인이며, 그 시를 읽으면서 내면을 응시하고 위로를 얻게 되는 것이다. 하지만 불행하게도 세상은 죽은 시를 묻은 거대한 무덤들로 빼곡하다.

그날 밤

바람이 시의 목을 베고

시가 바람의 배를 갈랐다

차마 죽지 못한 서로의 모가지는

붉은 피를 뿜으며 로켓처럼 허공을 치닫고

펄떡이는 심장은 물 떠난 고기 마냥

시멘트 바닥을 미친 듯 날뛰었다

위장에서 소화되지 못한 사상이,

대장에 이르지 못한 관념이,

애증으로 버무러진 욕망과 뒤섞여

덩어리째 쏟아져 내렸다

소리치고 울부짖고 매달리고 사정하며

바람은 시를,

시는 바람을 원망하고 저주하고 비난하며 죽어갔다

밤새도록 온전히 죽지 못한 바람이,

시가,

서로의 모가지를 부여안고

웅 웅 서럽게 울었다

—「시선 10」 전문

시인이 시를 얼마나 치열하게 단단히 부여잡고 있는지
를 느끼게 하는 작품이다. 시집의 제목도 여기에서 따왔다. 많은 시인들은 스스로 느끼는 어떤 결핍이나 절실한 느낌 때문에 시를 쓴다. 시는 한 사람이 느끼는 내적 충동, 어떤 간절함을 언어의 형식으로 바꿔 놓는 양식이다. 일반적으로 좋은 시가 되려면 관습의 언어로부터 멀어져야 한다. 상투적인 언어관습도 극복해야 하며 사상과 관념어와도 결별해야만 한다.

이 과정에서 언어에 대한 절망이 깊을수록 사유는 깊어진다. 철학적 사유가 더해질수록 시적 표현도 심오해지기 마련이다. 그 심오함은 단지 언어의 표상에서 오는 미적인 것만을 뜻하지 않는다. 정제된 욕망이자 아름다움이며 충만한 사유의 결실이기 때문이다. 현상을 투시하고 사물의 본질에 대해 고뇌하고 사유하는 시인은 그래서 철학자다.

인간이 언어를 갖게 된 이유 중 하나는 인간이 이성적 존재라는 점이다. 인간이 언어의 다양한 속성 중에서 의미성에 중점을 두는 것은 바로 이 때문이다. 시인이 선택한 언어는 시가 마땅히 그곳에 존재하게 만드는 것, 시어는 그 자리를 빛내기 위해 수없이 고뇌한 시인의 흔적이다. 시인은 밤새 "바람이 시의 목을 베고" 가는 현장에서 웅 웅 울었다.

가을엔 세상이 깊이 내려앉는다

온통 하늘을 향해 치달리던 식물의 검푸른 욕망
한 잎 낙엽 되어 땅 위로 내려앉아

행인들의 발에 짓밟히고
바람에 쓸리고 흩어져 사라진다

방하착

너의 모든 근심
희망마저 모두 내려놓아라

가을은
묵직한 중력

깊이 내려앉은 세상
인동을 준비하다

—「가을」 전문

　채형복의 시에 물기가 전혀 없는 것은 아니다. 그의 시
에도 자연이 있고 계절의 오고 감이 있으며 가족과 추억
이 있다. 또한 현재 자신을 둘러싼 일상이 있다. 때로는 간

결하면서도 조촐하게 시에 수분을 주입하기도 한다. 그리고 삶의 서성거림 속에서 세상의 아픔과 깊음을 읽는 그의 맑은 눈이 보인다. 그가 체험한 생의 본질과 살아가는 삶의 방식이 "가을"의 "묵직한 중력"을 통해 사유된다.

가을이 되면 지상의 모든 풍경이 오선지 위의 음표로 매달린다. 낙엽이 "행인들의 발에 짓밟히고 바람에 쓸리고 흩어져 사라지"는 모습은 계절을 장송하는 쓸쓸한 레퀴엠이다. "너의 모든 근심 희망마저 모두 내려놓아라"고 이른다. 모든 사물은 때가 되면 낙하하고 떨어지는 그 힘으로 다시 일어난다. 그래서 가을은 "방하착"의 마음으로 여여해지고 낙하의 힘으로 영글어지는 계절이다. "깊이 내려앉은 세상"에서 겨울을 견디고 힘을 비축할 일이다.

어스름 아침에 일어나 신문을 펼쳐 드는데
1면 첫머리 사진 한 장 몽롱한 의식을 일깨운다
가톨릭 사제도 아니다
불교 수행승도 아니다
하얀 소복 입고 두 다리 두 팔 이마를 땅에 묻고
가지런히 열을 지어 엄동설한 찬 바닥에 엎드렸다
폭설로 내려앉은 온몸 거북이처럼 기어간다
영하의 추위에 언 몸 누에고치처럼 굳어간다

134

한솥밥 먹던 동료들이 목숨을 던져도
수십 미터 굴뚝으로 올라
하늘을 이불 삼아 북풍한설을 버텨도
눈길 한번 주지 않는 세상의 비정
권력은 잔혹하고 자본은 냉정하다
법은 무력하고 정의는 불의하다

쌍용차 정리해고는 정당하다는 대법원의 판결
믿고 의지하던 사법부 앞에 이 땅의 민초
모래성처럼 무너져 내린다
법과 정의는 어디 있는가

―「오체투지」부분

이 시에는 "쌍용차 해고자 전원복직, 정리해고 철폐를
위한 오체투지 행진단'을 위한 기도"라는 부제가 달렸다.
전형적인 참여시이며 세태 비판적인 시다. 세월호와 쌍용
차로 이어지는 사회적 타살의 현실을 시인은 외면할 수
가 없다. 시인으로서 법학자로서의 윤리의식 때문만은 아
니다. 쌍용차 등 대규모 사업장의 정리해고 사태는 개별
자의 불운이 아니라 윤리와 정의를 결락한 사회의 공모에
의해 일어난 '이지메' 현상의 결과다. 여기서 '이지메'는
가난한 자를 더 지독한 가난에 가두는 사회적 폭력을 말

한다. 그는 여기서 공분하는 것이다.

시에서 "민초"는 흔한 일용 노동자이거나 사회적 약자, 평범한 서민을 통칭하는 존재론적 기호로 읽어도 무방할 것이다. 세상에는 두 부류의 사람이 있다. 재산이 계속 불어나는 사람과 아무리 일해도 가난의 굴레를 벗어날 수 없는 사람. 후자에 속한 사람은 삶의 극지이자 칼날 정상에 버티고 서기 위해 마모되어 간다. 청년들을 비정규직으로 내몰고, 실업자를 양산해내는 사회는 나쁜 사회다. 나쁜 사회에서 사회적 약자는 끊임없이 깨지고 부서진다.

일자리를 잃은 2천여 명 쌍용차 노동자들 가운데 25명이 비통하게 세상을 떠났다. 그러나 우리는 내내 유행가를 따라 부르고 막장드라마를 보며 세상이 평화롭다고 믿으려 했고, 도시정비니 고용유연성이니 희망퇴직이니 하는 '아름다운' 말들을 그들은 아무 데나 내걸었다.

"사람이 그 격을 갖출 때에는 동물 중에서 가장 뛰어난 존재이지만, 법과 정의에서 배제된다면 가장 나쁜 동물로 떨어지고 만다"라는 아리스토텔레스의 말을 떠올린다. 법과 정의가 없는 가진 자, 누리는 자, 정부와 언론 그리고 지식인 '나쁜 동물'들에 둘러싸인 우리 주변에서 얼마나 많은 민초들이 저 바닥으로 굴러 떨어지고 있는가. 극한의 처지로 내몰린 사회적 약자의 절규를 시적 전언으로 담는다. "의지할 곳도, 힘도, 논리도, 언변도 갖지 못

한 그들 마지막 할 수 있는 일이 온몸을 땅 위에 던지는
것이다".

1.

내려앉은 하늘 검은 어둠이 되고
꺼진 땅 솟아올라 푸른 별이 되던 날

슬픔을 알아버린 새, 날지 않고
아픔을 삼켜버린 새, 울지 않고

바람결 흐르는 곡조 따라
저녁 노을 잠긴 우수 담아 노랫말을 쓰다

2.

가슴의 살을 찢어 어린 영가 옷을 짓고
심장의 피를 뽑아 돌무덤에 뿌리던 날

눈물로 버무린 나물 반찬 서너 개
구수한 무시래기국 한 그릇 차려 놓고

두 번을 까무러치고, 세 번을 깨어나고

어미 새, 품을 떠난 아기 위해 진혼가를 부르다

―「비탄」 전문

세월호 참사를 떠올리게 하는 시다. 채형복의 시에서 세월호 참사의 비탄과 죄 없이 죽어야 했던 아이들을 읽어내는 것은 자연스럽다. 세월호 사건을 시인이 외면할 리가 없다. "슬픔을 알아버린 새, 날지 않고 아픔을 삼켜버린 새"에서 명징한 폭력과 가늠할 수 없는 슬픔의 깊이를 마주한다. 슬픔의 결도 세월호 이전과 이후가 달랐다. 세월호 이후 모종의 죄의식 없이는 바다를 제대로 바라볼 수도 없게 되었다.

"가슴의 살을 찢어 어린 영가 옷을 짓고 심장의 피를 뽑아 돌무덤에 뿌리던 날", 자식이 먼저 죽은 고통을 참척의 고통이라 한다. 이보다 더한 참혹한 슬픔은 없다는 뜻이다. 참척의 고통을 겪은 부모 가슴의 상처에는 아무리 세월이 흘러도 딱지가 앉지 않는다. 부모를 여읜 아픔이 인간적이라면 자식을 잃는 슬픔은 동물적인 본능에서 나오는 설움이라 하겠다. 참척은 가슴을 에는 아픔이자 씻을 수 없는 평생의 형벌이다.

품위를 지키란다
열예닐곱 피어나지도 못한 청춘
딸, 아들 칠흑 같은 바다 속 묻어 놓고
어미, 애비더러 절규도, 통곡도
품위를 지키면서 하란다

표를 달라 굽신굽신 구걸하듯 매달려 놓고는
푸른 기와집 떡하니 꿰찬 안주인 되더니
매일 아침 꽃단장한 해시시한 얼굴은
한번만 봐 달라 울부짖는 민초를 외면한다
그녀가 밟는 양탄자, 피울음에 젖어 붉다

굵은 쇠줄로 철의 장벽 둘러치고
무장한 경찰로 사람 장벽 겹겹 쌓고
고관대작 병풍처럼 줄 세우고 근엄한 목소리로
법과 질서를 지키란다
품위를 지키란다

"엄마, 정말 미안해. 아빠도 미안하고."
"살 건데 뭔 개소리야. 살아서 보자."
기울어진 갑판 아래 생사의 갈림길에서
해맑은 웃음 띤 어린 학생들의 희망

무능한 국가, 어른에 대한 날선 질책 아니겠는가

국익을 위해 참으라니
경제를 위해 잊자니
동방예의지국 코리아가 언제부터
피도, 눈물도, 인정도 없는
동방무례지국이 되었는가

단장의 슬픔, 목숨 건 단식
기댈 곳 없는 유족들 앞
게걸스런 폭식투쟁 그 극한의 야만
제발 품위를 지키라
국격을 위해

—「품위」전문

　세월호 참사 현장을 현상 확대한 시다. 모든 생명체는
본능적으로 위기를 감지하는 능력이 있다. 지진이나 태
풍, 화산폭발 등의 천재지변이 생기기 전에 땅속에 살고
있는 쥐는 본능적으로 위기를 감지하고 떼를 이뤄 안전한
지역으로 탈출을 감행한다. 하지만 그 어린 생명들은 가
만있으라면 가만있고 뛰어내리라면 뛰어내리는 말 잘 듣
는 착한 아이들이었다. 그 아이들이 수장되어가는 것을

그저 넋 놓고 바라보았을 뿐인 우리들은 무언가.

이 거대한 무력감을 우리는 지금 다시 느끼고 있다. 대통령과 한 여인의 국정농단 사태로 온 나라가 들썩이는 모습을 암울하게 지켜보고 있다. 지금 우리 사회는 총체적 난국에 처해 있다. 국격은 땅에 떨어졌고 국민의 분노 게이지는 최고조에 달한 상태이다. 야당의 '내각 총사퇴' 요구가 이어지고, 일부 국민들은 대통령의 '하야'를 현실적인 수습대책으로 내놓고 있다. 대학가의 움직임도 심상찮다. 연일 규탄집회를 열고 대통령의 퇴진을 요구하고 있어 박근혜 정부는 사실상 붕괴 수순에 들어간 국면이다.

이러한 사태가 하루아침에 돌발된 상황은 아니었다. 2년 전 비서관 3인방 등 십상시를 통한 '비선실세 국정농단' 청와대 문건이 나왔을 때, 강력한 경고 조짐으로 받아들였어야 했는데 그러지 못했다. 이 침몰이 정말 악마의 책동에 의한 것이라면 악마는 이 참극을 아주 오래 전부터 섬세하게 준비한 것이라고 해야 할 것 같다. 국익을 위해서 '품위'를 지켜야 한다면 민초들로서는 또 그렇게 할 수밖에 없겠으나, 정작 품위를 지켜야 할 당사자들이 누구인지 명백히 드러나지 않았는가. 이제 그들에겐 더 이상 '품위'를 요구할 염치조차 사라져버리고 말았다.

교수님은
힘을 옹호하셨다
국가가 강해야
기업이 강해야
국민을 보호할 수 있다 강변하셨다

교수님은
약자를 경멸하셨다
게으르기 때문에 가난하고
가난한 자는 비천하다며
국가 재정만 축낸다고 비난하셨다

교수님은
권력에 천착하셨다
폴리페서는 명예로운 칭호였고
언제든 떠날 준비가 되어 있었다
교수님의 존재 이유는?

권력이었다

—「교수님 스타일 7」전문

풍자시 연작「교수님 스타일」가운데 한 편이다. 교수님들은 사회적으로 존경받는 신분으로 그만큼 책임감도 크다. 교수님들은 대체로 지식이 높고 고매한 인품을 지녔을 것이라 생각한다. 그러나 개인의 영달과 입신양명에 밝은 사람도 있다. 교수뿐 아니라 현대인은 누구나 사회적 책임이 있고 주인으로 발언하고 행동할 의무가 있다. 헌법에는 양심과 사상의 자유를 보장하고 있지만 교수들 가운데는 정치적 풍향계에 따라 움직이고 발언하는 분도 계신다. 적어도 국민의 한 사람으로 자기 철학의 토대 위에서 사회적 발언 정도는 소신껏 할 수 있어야 하는데 그조차 권력의 눈치를 보는 경우가 있다.

모든 학문의 지반이자 궁극은 철학이다. 철학의 문을 통과하지 않고 학문을 할 수 없으며 그 끝도 철학일 수밖에 없다. 이 철학은 칸트가 자기 철학을 전부 '비판'이란 이름으로 새겼듯이 비판으로 시작해 비판으로 끝난다 해도 과언이 아니다. 그런데 한국의 학자들은 자기비판도 하지 않고 외부의 비판도 적다. 자기 철학을 제대로 지닌 교수가 생각보다 많지 않다. 그 철학이 없는 정치참여는 국민에 대한 예의가 아니며 자칫 해악이 될 수 있다.

플라톤은 아예 철학자가 정치를 해야 한다고 주장했다. 아리스토텔레스도 인간은 정치적 동물이라며 반드시 정치참여는 필요하다고 역설했다. 공자 역시 치국평천하를

강조하면서 학자와 선비들의 적극적인 정치참여를 독려했다. 갈릴레오는 지구가 돈다는 양심선언으로 심각하게 목숨에 위협을 느꼈다. 그러나 정치적 갈등 상황에서도 재차 "그래도 돈다"는 말로 학자의 양심을 지켰다. 학자의 양심과 정치가의 양심은 꼭 같지는 않다. 학자들이 목숨을 걸고 지키려는 양심과 학자들의 목숨을 앗아갈지도 모를 정치인의 양심은 대척점에 놓일 수도 있다.

그런 관점에서 채형복 교수는 권위주의에 맞서 싸우는 따뜻한 감성의 법학자이며 시인이다. 활발한 연구 저술 활동에 보태어 자신의 작은 끼적임으로 세상이 조금이나마 바뀌기를 기대하면서 시를 '마구' 써대는 '교수님 스타일'이다. 이 시집에는 다양한 스펙트럼을 통해 시대의 정신을 이끌어가는 영향력 있는 한 법학자의 노력이 고스란히 담겨 있다.

시인의 말

시인이랍시고 폼 잡고
인생의 오욕과 회한에 젖은 시를 쓰면서
삶과 죽음에 목숨 걸어 본 적 없다면
이별과 사랑에 목숨 걸어 본 적 없다면
그는 가짜다

수천 수만 도 들끓는 신열로 가공의 신에 매달려
진리와 허위의 경계를 유령처럼 배회해 보지도 않고서
천지를 녹일 듯 분화구에서 뿜어져 나온 용암에
펄떡이는 심장을 데인 적도 없고서야
시인 흉내인들 낼 수 있으랴

시인은

폴리가미, 트랜스젠더, 에이섹슈얼, 에고이스트,
자기망상피해자, 자기창조자, 자기파괴자
자신이 세운 왕국의 전제군주이자 독재자

너를 사랑하기에 죽는 것이 아니라
나를 죽도록 사랑하기에 산다

너를 사랑해서가 아니라
나를 죽도록 사랑하기에 시를 쓴다

채형복

채형복 시집

바람이 시의 목을 베고

초판 1쇄 발행 2016년 11월 14일
초판 2쇄 발행 2017년 8월 1일

지은이 채형복
펴낸이 오은지
책임편집 변홍철
펴낸곳 도서출판 한티재 등록 2010년 4월 12일 제2010-000010호
주소 42087 대구시 수성구 달구벌대로 492길 15
전화 053-743-8368 팩스 053-743-8367
전자우편 hantibooks@gmail.com 블로그 www.hantibooks.com

ⓒ 채형복 2016
ISBN 978-89-97090-61-7 03810

이 도서의 국립중앙도서관 출판예정도서목록(CIP)은 서지정보유통지원시스템 홈페이
지(http://seoji.nl.go.kr)와 국가자료공동목록시스템(http://www.nl.go.kr/kolisnet)
에서 이용하실 수 있습니다. (CIP제어번호: CIP2016025543)